U0923432

我只是个妈妈

〔德〕艾米莉· 弗里德 著 〔德〕希尔德加德· 穆勒 绘

涂媛媛 译

人民文学出版社
PEOPLE'S LITERATURE PUBLISHING HOUSE

著作权合同登记号：图字 01-2022-4495 号

Author: Amelie Fried, Illustrator: Hildegard Müller

Ich bin hier bloß die Mutter

图书在版编目（CIP）数据

我只是个妈妈 / (德) 艾米莉 · 弗里德著 ; (德) 希尔德加德 · 穆勒绘 ; 涂媛媛译. -- 北京 : 人民文学出版社, 2023

（别说你懂我）

ISBN 978-7-02-018032-5

Ⅰ. ①我… Ⅱ. ①艾… ②希… ③涂… Ⅲ. ①儿童小说 - 中篇小说 - 德国 - 现代 Ⅳ. ①I516.84

中国版本图书馆CIP数据核字(2023)第103992号

责任编辑　朱卫净　杨　芹

装帧设计　汪佳诗

出版发行　人民文学出版社

社　　址　北京市朝内大街166号

邮政编码　100705

印　　制　山东临沂新华印刷物流集团有限责任公司

经　　销　全国新华书店等

字　　数　52千字

开　　本　890毫米×1240毫米　1/32

印　　张　3.75

版　　次　2023年7月北京第1版

印　　次　2023年7月第1次印刷

书　　号　978-7-02-018032-5

定　　价　35.00元

如有印装质量问题，请与本社图书销售中心调换。电话：010-65233595

目 录

第一篇

介绍鲍曼一家,
暂且不提家里的宠物

你们是不是也特别想知道,别人的家庭生活是什么样的?我就对此特别感兴趣,在散步时总会往别人家张望,坐在咖啡馆或地铁里时也总会偷听别人的谈话。我知道不该这么做,但这实在太有趣了！

为了不让你们偷偷地往我们家张望或是偷听我们谈话，现在我来给你们讲讲我们的家庭情况。我们是鲍曼一家。我们家有我的丈夫丹尼尔和我们的孩子们——宝拉（11 岁）、提姆（7 岁）和威利（3 岁）。还有爷爷奶奶、外公外婆，几位叔叔阿姨、舅舅舅妈，以及堂的、表的兄弟姐妹。但他们不和我们住在一起，只是偶尔来拜访一下我们。宝拉说，我们根本不是寻常人家。因为寻常的家庭都会养条狗或一只猫，至少会养只天竺鼠。说实话，我觉得家里有三个孩子加一个丈夫完全足够了。其实我们也有动物：花园里有只刺猬。它喜欢“呼哧呼哧”喘着气地穿越草坪，因此威利给它取名为菲菲特。

在组建家庭之前，我们完全没料到将面临什么。宝拉出生时，我们心想，照顾她不过是小菜一碟。我们确实做得不错。提姆出生时，我们心想，太棒了，我们现在儿女双全了！然而，又意外地有了威利。当时我们很惊讶。啊！转念又想，小孩子多可爱，有多少都嫌不够。如今我才明白，并非如此。就如同小熊软糖，虽然很甜，但有时吃多了也会觉得腻。因此，我逛街时总是绕道避开宠物店。不想家里又突然多只宠物。虽然宠物很可爱，至少大部分宠物如此。

我是一名插画师，至少孩子们是这么称呼我这种职业的。我在电脑上绘图。幸运的话，会有人买下我的画刊登在杂志上，或买下我所构思的图标用于修饰信纸或明信片。好处是，我能够在家工作。坏处是，我必须在家工作。但是，我在家几乎无法作画。宝拉、提姆和威利觉得画画太无聊，总是想尽一切办法来妨碍我。

比如，他们发生争执了，需要辅导作业了，肚子饿了，想和我一起烤胡萝卜苹果橙子蛋糕，或者足球比赛需要裁判，需要钱买新作业本，又或者要找他们的运动背包，而那个背包往往只有我才能找到。

到了晚上，争吵已平息，蛋糕已烤好，足球赛已分胜负，作业本已买好，运动背包也已找到。此外，我还画了两幅画，写了二十封邮件，并且，至少喊了二百遍："我马上就来！"

我将三筐衣物塞进洗衣机，洗后晾晒（威利帮了忙）；我将一公斤蔬菜削皮，然后切细（提姆帮了忙）；我整理了衣橱（宝拉躺在床上，不停地和我闲聊。她用这种方式帮忙。我每整理两件，她便问道："这件可以给我吗？"最后，我衣橱里的大部分衣物都进了她那个原本就已满满当当的衣橱。宝拉承诺，下周一定会整理。通常这种情况，她的下周意味着是一万年后）。

孩子们帮忙做家务的兴致高低，完全与他们的年龄相反。威利，这个最小的孩子，总是最乐意帮忙。但很多事情他无法做好。他最喜欢将碗碟放入洗碗机。同时，他还会把所有他认为该清洗的物品一并塞进去，比如他的积木、他的毛绒玩具、盐罐、遥控器。很难向他解释清楚，不是但凡能塞进洗碗机的物品都能用这台机器清洗。有时他会大发脾气，满脸通红，用脚跺着地板大喊道："你真坏！"由于他发音错误，听起来就像是：“你怎坏！”

提姆是家里的老二，比较乐意帮忙。我请他帮忙时，他有时会帮，有时不肯。他不会说“我现在没兴趣帮你”，而是说“马上就来”。可是，往往在等他的期间，我就已经独自解决他本来答应帮忙做的事情了。

宝拉的年龄最大，她最不乐意帮忙。可她老是把屋子弄得最乱。想进她的房间时，门几乎都推不开，因为门后有成堆的东西。主要是些大大小小堆成山的衣物，还有文具、鞋子、书本和无用的杂物。我真希望有台小型挖掘机，能在她的房间里挖出一条地道来，并把所有的东西一并铲到她的床上。如果晚上宝拉想睡觉，就得整理她床上的这些东西。但很有可能她会将这些东西又重新扔回地板上。

我请宝拉帮忙时，她不会说“马上来”，而是说“我得先……”，然后开始报出一系列她得优先做的事情。这些事情远比我请她做的事重要得多，比如写作业、给朋友丽萨打电话、上厕所、急需喝点儿东西。究竟哪件事更重要，很可惜我俩经常看法不一致，然后就会商讨起来。也可以称之为争吵。争吵一阵子后，当宝拉讽刺地盯着我说：“冷静些，妈妈！”我便会真的火冒三丈。这样准能激怒我，宝拉深知这一点。所以她故意这么做。等她成功地激怒我，使我大发雷霆时，她看着我的眼神更加讥讽，并说道：“没理的人才会大喊大叫。”因此，她自然而然成了有理的一方。

晚上，我们所有人筋疲力尽地坐在厨房里。丹尼尔下班回家，将脑袋探进厨房，说：“我和你们一样迫不及待地想开饭啦！”晚饭过后，他坐在电脑前。这片刻，我动过离婚的念头。但只是一瞬间。丹尼尔其实是个不错的人，也是个很棒的父亲，当他有空陪孩子们的时候。可是，他后来才有了空。

当然，宝拉、提姆和威利并非只会妨碍我工作、惹我生气，他们还会给我画画，给我看视频网站上他们近期最喜欢的猫咪视频，还会问我什么是“假设”，给我讲学校和幼儿园里有趣的事，还有采花送给我，用五颜六色的巧克力装饰胡萝卜苹果橙子蛋糕，还会告诉我，他们有多爱我。他们做这一切都是为了让我开心。而后，我会变得心情愉悦，感觉非常温暖。

第二篇

喜从天降，
但有不太好的预感

“艺术品很美，但很耗费时间。”这句话是巴伐利亚一位有名的滑稽演员说的。我觉得他说的有道理。我的画也许算不上是真正的艺术品，毕竟它们没有展示在博物馆的墙壁上。尽管如此，它们也花

费了我很多的时间。

首先我得构思，然后拟出草图。接着，我得不断地完善草图，直到每个细节都尽善尽美。然后再上色。这才算完成。通常我会把这幅画当作是别人的来审视。如果我觉得不满意，便会扔掉，重新开始画。

如果能不被打断地画几个小时，我就很开心了（可惜很少有这样的机会）。我很喜欢我的工作。我对它的爱几乎等同于我对孩子们的爱。但真的只是几乎。

威利说，他长大后也想做一名插画师。我在工作时，他时常坐在我的身旁画画。有时，比起我自己的作品，我更喜欢他的画。也许是因为威利的涂鸦是不假思索的，对于画画来说，其实多思并无益。

威利完成他的画作后，会把画用透明胶带贴在墙上，像是一件真正的艺术品。我期待着，将来有一天他能靠作画为家里挣钱。但现在我得养家糊口，和丹尼尔一起。

刚才发生了件好事，一家大出版社的一位女士打来电话，问我是否有时间和兴趣为一本儿童读物画插图，至少需要二十至二十五幅插图！我特别激动，但没在那位女士面前显露出来。我假装得看看时间安排，确定一下自己是否有空。然后我叹了口气，告诉她，尽管我手头已有不少工作，但我会尽力完成（我没有透露给那位女士，我的工作主要是给孩子们带去学校的面包涂抹果酱、寻找运动背包、调停争执。这些毕竟与她没有任何关系）。

那位女士听完很开心。在她挂了电话后，我也心情愉悦，高兴得跳了起来。我等待这么一个机会已经很久了。因为我希望有很多人能看见我的画。儿童画册漂亮的话，就会有很多人买。或许我会变得小有名气。

我开始想象，等这次合约完成，我将用这笔钱做些什么。提姆肯定想买双新的运动鞋。宝拉想学打击乐。威利急需一张新床，因为他的脚都伸出旧床的边缘了。丹尼尔很想买辆山地自行车。

那么我自己呢？我很想去装修得非常雅致时尚的健康酒店度周末。在那儿抹上精油，做个按摩；练练瑜伽，打坐冥想；吃些带有印度名字的健康食品。也许那儿还有游泳池。

好吧。插画可能赚不到那么多钱，很可能连买辆山地自行车都不够。但做做梦还是可以的。

晚饭时，我很自豪地告诉丹尼尔和孩子们，我签下了一个大合约。

“太棒了！”丹尼尔说道，并给了我一个拥抱，“你能按时完成吗？”

“如果你能协助我的话。”

我的丈夫吃惊地看着我，说：“我协助你？我根本不会画画。”他咧嘴瞅着我笑，像是我开了个绝妙的玩笑。

我提议他晚上早点儿从公司回来，偶尔能空出一个下午去购物、做饭、辅导孩子们写作业。丹尼尔显得没什么热情，尽管他到处宣称自己主张男女平等，婚姻当中夫妻双方应共同合作，可一旦需要他打扫卫生或做饭时，他便会这儿不舒服，那儿不舒服，要坐下来看看体育节目。

“这得看情况。”他含糊不清地嘟囔了一句。然后，他灵机一动，说：“孩子们肯定乐意协助你。”说完，他用命令的眼神看着宝拉、提姆和威利，“他们已经长大了！”

“当然！”威利一边回答一边举起他的小手，想和我击掌。

“我马上有比赛，”提姆说，“我得经常训练。”

“我……”宝拉绞尽脑汁地思考能用什么借口逃避帮忙，“……我得和同学们一起准备学校下次的庆祝活动。”

我惊讶地看着她：“但庆祝活动是在半年后！”

宝拉扬起眉毛，说：“这是你教我的，得尽早为庆典活动做准备。”

好吧，棒极了！如何把完成工作、料理家务、照顾孩子三者协调起来，又成了我一个人的问题。

其他妈妈是如何做到的呢？难道她们家里有仙

女？或是精灵？有更乐意协助她们的丈夫？还是她们干脆把孩子们锁在地下室，直至完成工作？

第三篇

威利现在三岁，确切地说是三岁零四个月。尽管法律规定，他现在可以申请上幼儿园了，但他还没去。我们附近的两家市立幼儿园已满员，等候者的名单长得都够包裹起一头大象。

我们原本可以送他去较远的一家幼儿园。但这样的话，我们其中一人必须每天早晨开车送他去，下午再接回来，加起来要超过两小时。而且每天如此。

幼儿园没有多余的名额，对此威利很开心，因为他更喜欢待在家里。我却很疑惑，若连法律规定的事情都不能兑现的话，那法律有何用呢？

但我们这一带还有不少幼儿园，是由一些热心家长或好心人士建立的，费用大约是市立幼儿园的三至五倍，还需要申请并通过考试。

今天，威利和我应约去参加幼儿园的考试。在去的路上，我教导他该如何表现。

“你应该表现出自己非常想上这家幼儿园的样子！”

“可威利并不想。”

“你不知道，”我装出一副兴致勃勃的样子，“这家幼儿园比其他的好很多！那儿有个花园，小朋友们更加友爱，饭菜更加美味……”我想不出别的说辞了。这家幼儿园每月的费用相当于一辆豪车的月租赁费用，所以这家幼儿园理所应当比其他幼儿园好很多。

“我必须在那儿睡午觉吗？”

威利讨厌在其他地方睡觉。

“我们等会儿问问。你想知道什么，到了那儿都可以问。”

但威利只有一个问题：“为什么我得去那儿？”

“我跟你说了上百遍。”我的语气变得很不耐烦。

我们到达目的地。我设法找到一个停车位，关掉引擎，转过身来对威利说：“你已经到了上幼儿园的年龄，而且你在那儿会过得很开心。”

“可我想和你待在一起。”威利噘着嘴，低头看着自己的鞋。

“你会这么想是因为你还没见识过外面的世界。但总有一天你会告诉我，你觉得很无聊。如果我一直只和自己的妈妈玩，我也会觉得无聊的。”

“我就喜欢和你玩。”威利固执地小声回应。

当我想解开他的安全带时，他说：“我就留在这儿吧。”

“不行，你得和我一起去。”我把极不乐意的威利从椅子上拽了起来。

接待我们的是一位女士。她顶着一头蓬乱的红色鬈发，浑身上下穿戴的东西看起来都像是亲手制作的。她的毛衣、短裙和紧身连裤袜是由彩色的羊毛编织的，她的束发带是手工编织的，甚至她的鞋看起来也像是用一块块的皮料缝制而成的。

这位叫萨宾娜的女士领着我们进了幼儿园。这儿的过道和其他幼儿园一样，墙上的衣帽钩挂着带有名字的标牌，地面摆放了些椅子，方便大家换鞋。有几个盥洗室、一个休息室（一看见这个房间，威利就满脸痛苦）和一个厨房，厨房里有一男一女正在将成堆的蔬菜切成块。他们看起来不像是厨师，更像是一对父母。

“你们谁负责做饭？”我小心翼翼地问道。

“我们轮流做，”萨宾娜解释道，“不想做饭的人，交的费用多一些。吃的都是当地时令的有机蔬菜。”

我们总算来到了活动室。孩子们个个都显得非常忙碌和令人惊讶的安静，穿戴的衣物都像是手工编织的。我试着回忆如何编织衣物。如果威利愿意来这儿的话，很有可能我得为他从头织到尾。

他胆怯地坐在一张小凳子上，睁着大大的眼睛，看着三个小姑娘如何用手指画颜料在一张纸上乱涂乱画，她们还将颜料相互涂抹在对方的脸上和毛衣上。

萨宾娜一定是看见了我的目光，她解释道："我们觉得应该让孩子们尽情发挥他们与生俱来的创作力。"

萨宾娜说，这家幼儿园的教学理念来自这样的想法：要让孩子们在没有玩具时，自己能制作出一些玩具来。"当一个孩子充满想象力时，他能用石头、纸张、沙子和泥土制作出任何东西。"

威利转过身问我："这里没有小汽车吗？"如同绝大多数的三岁小孩，威利特别喜欢长时间趴在地上让玩具汽车跑来跑去，同时嘴里还发出"嘟嘟"

的声音。

萨宾娜询问我，威利在家有些什么玩具，是否允许看电视，是否接触过平板或台式电脑。我声称，威利只有木质玩具，我们的孩子不允许看电视。家里只有一台电脑，是我的工作所需，孩子们自然不能使用。

“你是名插画师？”萨宾娜问。我拼命地点头。我这具有创造力的职业肯定能为自己加分。

“那你的丈夫呢？”

我差点儿将“信息技术专家”脱口而出。但在最后一刻，我说的却是：“全面的……呃，企业总顾问。”我不知道这职业是做什么的，而萨宾娜显然也不明白。但我清楚，“总”这个词能获得这些编织者的一致好感。

“另外，我们在家也只吃当地的时令有机蔬菜，”我讨好地说，“而且我们还经常参加游行支持环保。”

萨宾娜赞许地点点头。

“晚上，我会为孩子们唱歌。”我继续说道，“假期时我们去徒步旅行。我们尽可能不使用塑料袋。”

我完全豁出去了，只求威利能得到一个该死的幼儿园名额。这期间，威利已经放弃和其他小朋友搭讪（shàn）了。小女孩们不搭理他，小男孩们忙着用手工编织的毛织小羊扭打在一起。

“威利想回家。”威利拉扯着我的手叫喊道。

萨宾娜转过身，用一种过分亲热的声音对他说：“还得再等会儿。你想不想用陶土捏些东西玩？”

威利看她的眼神，就如同听到她建议自己向窗外小便。

“我饿了。”威利再次拽了拽我的手。

“马上，威利。”我安抚他，并试图像只毛织小羊那般温柔地微笑。

“那等会儿我能买个土耳其烤肉饼吃吗？”

“我们从不吃那玩意儿！”我严厉地说。

“不是的。”威利反驳道。

萨宾娜不动声色，站起身来跟我握了握手。

“谢谢你的来访，克拉拉，请等候我们的通知。”

她向威利投去同情的眼神："保重，威利。"

威利没做回应。我牵起他的手，将他拖进了汽车。

"你怎么当着外人的面反驳我？"

威利的膝盖开始打战："可、可你的确撒谎了。"

他说得没错。最近逛街时，我前所未有地极度想吃土耳其烤肉饼。我虽坚持原则，但偶尔允许破个例，孩子们自然特别兴奋。可我万万没料到，威利偏偏会在这名亲手编织衣物的幼儿园工作人员面前，将这件事抖搂了出来。

我忽然觉得很可怕，似乎我在试图卖掉自己的孩子，甚至不惜手段，哪怕是付出撒谎的代价。为此，我还得加班工作几小时，以支付高昂的学费。

"这里不好，这家幼儿园。"威利板着脸说。

尽管我失望至极，却无力反驳。

第四篇

威利经历了一次冒险：来了只宠物

宝拉第一次嚷着“我想养条狗！”，是在她五岁的时候。

当时丹尼尔告诉她，爸爸妈妈不想养狗，她即将有个小弟弟。宝拉以小弟弟很无聊为由提出了反对。我们向她解释，提姆很快就会长大，能够陪她一起玩。可宝拉更想养条狗。

发现养狗无望后，她又开始极力说服我们养猫。这期间，提姆已长大，学会了附和姐姐提出的要求。在电视里看过一部关于野猫的电影之后，他甚至想养一只野猫。我们向他解释，野猫不会和人类生活在房子里，否则就不是野猫，而是家猫了。

结束了关于猫的讨论后，他们又希望能养只兔子，接着是天竺鼠，再后来是金仓鼠、虎皮鹦鹉，最后退而求其次是金鱼。我们坚定地持反对态度，但心里很不是滋味。每本育儿经上都写着，父母应该认真对待孩子们的需求。同时，其他的指导书上也写着，人应该认真对待自己的需求。当孩子们的需求与父母的需求不一致时，这可真讨厌！可最终，父母才是有决定权的人。

“你们可真坏！”孩子们说。

我承认，在宠物方面主要持反对态度的人是我。丹尼尔为了得到安宁，恐怕早就让步了。其实我很喜欢动物。但我清楚地知道，宝拉、提姆和威利对动物的热情顶多持续一到三周，然后很快便会烟消云散。所有的承诺，诸如会照顾小动物，会给它喂食，会清理它的窝，会带它遛弯，给它梳理毛发，给它洗澡，以及其他各种照顾小动物的必要工作，他们都会很快忘得一干二净。这些工作都会落到我的身上。说实话，我已经够忙了，简直忙得不可开交。尤其是现在，有了这个大合约。

“但我们想养个动物！”宝拉和提姆苦苦哀求，“至少养只小宠物！”

“我也要小宠物！”威利也跟着附和，他简直就是哥哥姐姐的应声虫。

当那只刺猬第一次出现时，威利兴奋地大喊大叫。他迈开自己的小短腿朝着刺猬跑去，嘴里喊着：“啊！啊！”他想把刺猬抱起来，幸亏丹尼尔及时抓住他，避免了他的手被刺伤。

“菲菲特！”威利喊着。这名字和那刺猬喘气的声音听起来很像。

现在威利长大了，知道刺猬的刺有危险。但他依旧渴望能近距离地观察那只刺猬。

因此，当有一天他跑过来叫喊着“我抓住菲菲特了”时，我丝毫不意外。他牵着我的手，拉着我来到花园。一个我用来放衣物的箩筐倒扣在草坪上，下面蜷缩着那只刺猬。它害怕地缩成了一个球。

“你是如何捕捉到它的？”我吃惊地问，“菲菲特跑得可快了！”

他骄傲地看着我：“威利跑得更快！”

我忍不住哈哈大笑起来。接着我问他，准备如何处置这只刺猬。

“我想养在我的房间里。”他说道。

“不行！”我表示反对。

威利一屁股坐在地上，开始啼哭。我任由他哭闹，独自返回了屋子。按照我的经验，只要他看不见我，便会安静下来。

在打完两通电话、完成一幅插图之后，我突然注意到屋子里特别安静。一声不响通常十分可疑。

当孩子们安静的时候，往往只有两种解释——他们要么在睡觉，要么在做坏事。

我起身寻找威利。他不在房间里，也不在厨房、客厅和地下室。我寻遍花园，大声呼叫他。没有回应。装衣物的箩筐又重新正立在草坪上，但不见刺猬和威利的踪影。

我开始担心起来。威利知道不可以独自一人跑去街上，如果他违背了这一点的话，就会遭到最严厉的批评。可我怎能料到，他现在全然不在乎被批评呢？

我紧张地大喊："威利！"终于，我隐隐约约听到了一句："我在这儿。"

他的声音是从工具棚里传来的。那个地方除了园艺工具外，还存放着室外保龄球具、球类和乒乓球拍。那里面塞满了东西，所以我根本没想过要去那儿找找。

我打开门，威利蹲在那里，怀里抱了个桶。桶里装着那只刺猬。天知道他是怎么将刺猬弄进去的。

“我现在就住在这里，”他满脸不高兴，“和菲菲特一起。”

“好的，”我说道，偷偷地松了口气，“你们还需要点儿什么吗？”

他只是耸了耸肩膀。

我走进厨房找了个篮子，装了些饼干、苹果和饮料，然后拿去工具棚，交给威利。

“刺猬喜欢吃水果。”我告诉他。但是我不确定，刺猬能否吃饼干。不过威利把苹果吃掉而把饼干给刺猬的可能性原本也不大。凡是富含维生素的食物，威利统统不爱吃。

我回去继续我的工作，因为我现在确定威利是不会跑到外面的，他会看守着他的猎物。我在考虑，如何说服他不把动物带进屋子，且不会再次激怒他。刺猬身上会有跳蚤，我可不想家里出现跳蚤。

宝拉和提姆回到家，我请他们帮忙摆放餐具。

“马上就来！”提姆说完就钻进了他的房间。

“我得先洗个澡。”宝拉说完便溜进了浴室。

我认命地叹了口气，穿过花园来到工具棚。门半开着。威利坐在里面哭，面前的桶里空无一物。

我坐到他身旁，抱着他："发生了什么事，威利？"

"菲菲特跑了。"威利啜泣着。

"它怎么会跑了呢？"

"我把它放了出来，"他吸着鼻涕说，"刺猬不想住在桶里，它想出来。"

我抱紧他。"你做得很好，威利。菲菲特依然和我们在一起，只不过我们没有把它养在房子里，而是养在花园里。"

威利的情绪看起来恢复得差不多了。他站起身，和我一起回了屋子。

"你愿意帮我摆放餐具吗？"我问他。他又露出了灿烂的笑容。

第五篇

又过去了一天。我竟然不知时间能过得如此之快。我给威利讲故事，为他唱歌，直到他睡着。我向宝拉道晚安，她正在和某人聊天。我问她在和谁聊天，她只是不耐烦地瞥了我一眼。我又来到提姆的床边，将他脸上凌乱的头发拨向一边。

“喂，小伙子，你一切都好吗？”

他点点头，说：“很好，妈妈。你的蛋糕烤好了吗？”

“什么蛋糕？”

提姆猛地坐了起来，叫道：“妈妈！明天是学校开放日，你承诺过，会烤个大理石花纹蛋糕！”

真糟糕！他说的没错，我的确承诺过，可我把这事忘到九霄云外了。

“我明早再烤，”我敷衍他，“这样蛋糕会很新鲜。”

“你一定会做的，对吗，妈妈？”他流露出担心的眼神。

“一定。”我亲吻他的额头，“做个好梦！”

我回到自己的工作室。开放日标注在我的记事日历上。记事日历是个非常有用的东西，得时不时地看一看。

我又工作了一会儿，然后准备睡觉。我将闹钟设到七点。

“这么早？”丹尼尔抗议道，“明天是周六！”

“你愿意给提姆烤个大理石花纹蛋糕吗？”我尖锐地问道。

他含糊不清地嘟哝了几句，转身朝墙而睡。

第二天一大早，我像火箭般冲出被窝。蛋糕！我洗漱，穿衣，然后翻遍储藏柜。没有面粉，没有发酵粉，只剩一点点儿糖。鸡蛋也吃完了。我讨厌烘焙，所以也不怎么买烘焙所需的配料。

我端着咖啡杯，思虑了起来。我想起那些完美的妈妈，她们一有机会便带来自己亲手做的蛋糕，带着内行的微笑讲授编织研究的最新理论。而且她们各个看起来都像是时尚博主。自从我的孩子们来到世上，这些讨厌的完美妈妈便让我有种负罪感，因为她们能做到的事情我一件也没做到。陪新生儿游泳，上早教班，陪孩子一起捏陶土、搭积木，上幼儿音乐课，一起郊游去攀岩，这些女士似乎生来具有母性，她们永远知道，如何做每件事都不出错，好像也从未感到过紧张。可我做不到，甚至连一年烤一次蛋糕都做不到。我坐在餐桌旁，双手捂住自己的脸。我可真是个失败的妈妈。

接着，我想出了个主意。我拿起汽车钥匙正准备出门时，丹尼尔从楼梯下来。他问："你这么早要去哪儿？"

"我……我去买些面包。"

在这种情况下，作为丈夫应该说："啊，亲爱的，让我去吧！你忙碌了一周，已经累坏了，我至少应该在周末帮帮你。"

可丹尼尔却说："太好了！帮我带个碱水三角面包回来。"然后他端起咖啡，翻开已被我从信箱取回并放在餐桌上的报纸。

我站了一会儿。我的生活有点儿不对劲，但我现在没时间去考虑这事。

我开车一路前行，一直开到了我们所住的城区外。我准备做的事情可不能让熟人看见。

我终于找到了一家从未去过的面包糕饼店。我停下车，走了进去。我向营业员购买面包的同时，用目光扫视了一遍蛋糕，看看有哪些品种。这里只有块状蛋糕、发酵糕饼和复杂的水果奶油蛋糕。

“您这儿没有大理石花纹蛋糕吗？”

营业员说：“没有，那种蛋糕不畅销。”

“那有没有其他的圆形蛋糕？或者锥形蛋糕？”

她用指责的目光看着我：“那种蛋糕基本都是顾客自己烤制的。”

我又寻遍了另两家蛋糕店，终于找到一种带巧克力糖衣的果仁蛋糕。它看起来完美无瑕，没人会相信这是我自己烤制的。我必须想点儿办法。

到家后，我偷偷地将蛋糕带进厨房，将它放入烤箱，设置好低温烘烤。

这期间，孩子们醒了，在屋子里嬉闹。提姆冲进厨房，问：“蛋糕做好了吗？”

“马上就好。”我大声告诉他，这一刻我对自己非常满意，似乎自己成了一个完美的妈妈。好吧，几乎完美。

当我再次独自在厨房时，我将蛋糕从烤炉中取出，用抹刀在已经变软的巧克力糖衣上抹来抹去，直到它看起来不再那么完美。我小心翼翼地从底部切下薄薄的一层，使得蛋糕立在托盘上的时候有点儿歪。我还在上面粘了几个维生素软糖和小熊橡皮糖，使它看起来更像是自己做的。然后我喊来提姆："快看，蛋糕做好了！"

他带着批评的眼神审视我的作品，说："这蛋糕的样子和平时的完全不一样。"

没错，我平时做的大理石花纹蛋糕（因为其他的我都不会做）是环形的，而这个是圆台形的。

"这是果仁蛋糕。"我说道，似乎这样能解释得通为何外形看起来不一样。

"好吧。"提姆说道。他没有像往常一样问，他可否将盛面团的碗舔干净，这让我松了一口气。他看起来似乎很开心，他这个笨手笨脚的妈妈最终还是巧妙地做出了个蛋糕——至于是如何做出来的，这无所谓。

我们来到学校时，餐柜上已有二十个蛋糕。如果我不带蛋糕来的话，其实也不会有人察觉。我恼怒地打量着竞争对手的作品。其他妈妈用她们高超的烘焙技艺制作出了各种带有精美图案的奶油蛋糕、蛋白酥皮甜饼。我这个极为寻常的巧克力糖衣果仁蛋糕与之相比，完全不是一个水准。

那是什么？我发现有些蛋糕前立着小标牌。其中一张上面写着“无麸（fū）质”，另一张上写着“不含乳糖”，第三张上写着“低糖”。

我想了一会儿，然后从手提包中取出一张自己的名片，在反面写上“素食”，并画上几张笑脸和几朵小花。我得意扬扬地将卡片放在自己的蛋糕前。我可不想被人指责，说没有为自己的孩子尽最大的努力！

第六篇

丹尼尔当了回“家庭煮夫”和“超级奶爸”；又多了个动物

时间过得飞快。那本少儿读物需要二十至二十五幅画，而迄今为止我才完成五幅，所以今天丹尼尔出了点儿力。不出我的预料，他中午回家时，家里惊天动地，如同组了个大乐队。他抱着一摞比萨盒（午饭有了！），孩子们欢呼雀跃。

我平时辛辛苦苦地做饭，却没人欢呼。

丹尼尔因比萨而得到称赞，就好像这些比萨是他亲自辛辛苦苦地揉面、铺料、烘烤而成，在此之前还亲自去采摘了西红柿似的。我没发表任何评论，只是返回自己的工作室，将铅笔削好，准备好画笔和颜料。

终于安静了！一整个下午！我都不相信自己有这么好运！

半小时后，屋子里突然发出了尖锐刺耳的喊叫声，令人毛骨悚然。我拿着画笔的手被吓得一滑，纸上出现了一道粗粗的绿色线条，画被毁了。我气急败坏地将纸揉成一团，扔进垃圾篓，用力跺着地板走出工作室。

“发生了什么事？”我大吼道。

“妈……妈！”宝拉泣不成声，随即号哭着扑进我的怀里，“威利……把我最喜欢的T恤衫给……给弄破了！”

她一边抱怨，一边挥舞着一块被撕扯下来的布料。我认出这是她自己蜡染并缝上饰品的T恤衫。

“威利！”我喊道，“怎么回事？”

威利不见了踪影。这个做坏事的小家伙有种惊人的本事：一旦发现气氛不对，就会躲得无影无踪。就在宝拉骂骂咧咧地到处找威利时，提姆用手掌在自己面前来回地挥动，以此表示他对自己姐姐的厌恶。

“别挥了！”我训斥他。

这时我才想起，丹尼尔是负责照顾孩子们的人。我喊他，可没有回应。最后，我在客厅里找到了他。他正支着手提电脑，入迷地盯着屏幕。我站到他面前，挑衅地用手叉着腰。

“这就是你支持我工作的方式？”

他抬眼看着我，精神恍惚，就好像刚从另一个星球回来。最终他做出了让步，至少摘下了耳机。

“什么？”

“孩子们都打得头破血流了，你却镇定地坐在这里看电脑！”我的语气中充满责备。

“他们自己会冷静下来的。兄弟姐妹间的争执，我们不该插手。”

迄今为止，我的丈夫用这种偷懒的方式取得了很好的效果。所以现在他也没打算站起身来。我怒火中烧，考虑身为父母的我们是否也该大吵一架。最终我决定，不把时间浪费在这上面。我返回绘图桌，尽量使自己的注意力集中。或许丹尼尔说的有道理。我总去干涉孩子们，这可能是不对的。也许我该静观其变。假如我能做到的话。

接下来的几小时出奇的安静。我绘图，速写，上水彩颜料，擦拭干净，冲洗画笔，喷洒定色剂。这期间我还在担心，宝拉是否逮住了威利。如果逮住了，她会如何收拾威利。

屋子里始终一片安静。我变得紧张不安起来。我终于按捺不住，开始在屋子里到处寻找他们。他们全都不在。宝拉不在，提姆不在，威利也不在。更令人担忧的是，丹尼尔也不见了。

我在家庭群里发了条短信："你们在哪儿？"没有回应。

我又返回去继续工作，但根本无法集中思想。

我对自己说，放轻松，或许他们只是出去吃个冰激凌，或是去公园了，说不定去看电影了；或许宝拉把威利打伤，现在去医院了；说不定是有人把威利拐跑，其他人追去解救他；也可能只是丹尼尔抛弃了我，带着孩子们一起走了，这样他们便能更经常吃到比萨；不然，就是外太空人着陆在我们的花园，降下来一根巨大的管子，将我的家人都吸到他们的宇宙飞船里去了。

克拉拉，你疯了，我的内心有个声音在说。这花园根本容纳不下一艘宇宙飞船。而且说真的，谁会愿意把三个一天到晚吵架的孩子接上船？

我躺在沙发上，闭上眼睛，试图让自己平静下来。效果不错，我都开始打瞌睡了。这使我没注意到，客厅的门是如何打开的。

"妈妈？"

我吓得跳起来。威利站在我面前，手里捧着个小盒子。

“威利！”我如释重负地喊了出来，“绑架的人把你释放了？”

“哪个绑架的人？”威利吃惊地看着我。

“妈妈工作时做了个噩梦。”丹尼尔露出意味深长的嘲笑。

“我只是短暂休息了一会儿，这很正常。”我坐起身来，“这里面装了什么？”

威利将小盒子举高，让我往里瞧。前面是钢丝网。

“天！”我大喊一声，吓得差点儿从沙发上掉下来，“老鼠！”

宝拉责备地盯着我：“妈妈！你别这么歇斯底里！”

这句话是我时常对她说的。因为每当有事情没有如她所愿，她便会大吵大闹。可现在的情况完全不一样。老鼠就是老鼠。老鼠真的是世界上最恶心的东西。

“这是皮波。”威利一边说，一边用充满爱怜的眼神看着那只老鼠。

“这是怎么回事？”我问道，我看着丈夫的眼神中饱含各种情感，但没有爱意。

他尴尬地耸耸肩，说：“我也没办法，克拉拉，宝拉和威利给我设了个圈套。”

“它受伤了。”威利一边说，一边再次举高小盒子。我不情愿地往里面看了一眼，发现那只老鼠的右腿绑着一块很小的接骨夹板。

“这是你们绑的？”我不可思议地问道。

“我们去了兽医那儿。”丹尼尔回答，“我们先是排队等了很久，后来医生又不愿诊治这个动物。”

“我能理解。”我说道。

我又问，医生为什么改变了主意，还给老鼠的腿上了夹板。不得不承认，这个用火柴和胶带制成的小夹板做得非常完美，堪称大师的杰作。

“皮波很温顺。”丹尼尔解释道。

“温顺的老鼠？”我很吃惊，“怎么可能？”

我突然回忆起年轻时，那些朋克爱好者常带着驯养的老鼠到处吓人。朋克爱好者是些年轻人，他们发型凌乱，头发染得五颜六色，衣衫褴褛，喜爱佩戴金属类的饰品，演奏颇为恐怖的音乐。

“这老鼠一定是附近邻居养的。”丹尼尔猜测。而我细想了一圈，周围认识的熟人中是否有变老了的朋克爱好者。

“好，”我说道，“那我们把皮波送还给这位邻居。从此以后，永远不许再提养动物的事。”

孩子们意味深长地保持沉默。我预感到，养动物的事还远没有结束。

我突然想起宝拉心爱的T恤衫的闹剧。很意外，她居然没把威利痛打一顿。我很想知道他们是如何和解的，但最终还是决定闭口不谈。

第七篇

要将一只温顺的老鼠送还给它的法定主人比想象中难。首先得确定，谁是它的主人。

我委托孩子们画几张布告，写几张传单。威利热情地投入到这项工作里，给皮波画了几幅图。提姆在下面写了几个潦草难认的字："捡到一只温顺的老鼠，请认领！以下是我们的电话号码……"

"那……如果有人打电话来呢？"威利问道。他突然变得不安起来。

"或许没有人会来电话。"威利满怀希望地接着说道。

宝拉负责写传单并打印出来。然后他们三人一起出发，在路灯杆和工地围栏上张贴布告，将传单塞进邻居们的邮箱。

我开始画第八幅图，希望孩子们找寻主人的行动能持续一段时间。然而三刻钟后孩子们便回来了。提姆突然想起，他今天受邀要去参加朋友欧乐的生日派对。

"如此匆忙，我去哪儿替你买礼物？"我恼火地问，"你真该早点儿告诉我的。"

"我办不到，"提姆说，"因为我自己也忘记了。"这可真是让人无法反驳的逻辑。

我在衣橱里到处翻找，我在那儿塞了些礼物以做备用。欧乐已经过了玩木质拼图板的年龄，《哈利·波特》他又看不懂。他应该不会喜欢香水。这张风靡一时的乐曲 CD 或许更合他祖母的心意。

“我可以把皮波送给他！”提姆提议。

“不行！”威利大声喊道。他一直希望，皮波是个孤儿，没有主人给我们打电话。

“那就只剩下这张优惠券了，”我建议说，“欧乐喜欢做什么？”

“踢足球。”提姆回答。

“还有呢？”

“看足球赛。”

“还有其他的吗？”

“玩踢足球的游戏。”

我叹着气摇摇头。我不能把优惠券送给欧乐，让他去买电脑游戏，这有悖于我的原则。丹尼尔和我绝对不是完美的父母，但我们在家还是立了些规矩的：不许玩电脑游戏，不许购买武器，不许吃垃圾食品（除了偶尔吃比萨），尽量少吃糖果。

“那么把我那条织有巴伐利亚球队徽章的围巾送给他！”提姆大方地提议。

我松了口气，事情总算解决了。我帮提姆将围巾包装好，他开心地出了门。威利在屋外花园里，宝拉在写作业（或者装模作样在写作业）。我悄悄溜回工作室，但谨慎起见，将门半掩着。

第八幅画已初具雏形了。我原本想画个小女孩牵着一条狗，但突然又决定，将这条狗画成皮波的模样。我将它的爪子画得更肥胖些，将它的耳朵画得更卷曲些，可现在它看起来像只戴着手套的浣熊。我越修越糟。最终我放弃了。那幅画被揉成一团扔进了字纸篓。

有一瞬间，我真想大哭一场。我如何才能全部完成？但很快我又振作起精神。

电话铃响了。我刚要起身，听见急切的跑步声和威利的说话声。

“您好！请问是谁？”过了几秒，威利说，“您打错了。”

他又跑开了。

做得好！我为威利感到骄傲。很快我起了疑心。我来到花园，威利趴在笼子前，正在给皮波念他的图画书故事。当然，他念得并不正确，他只记得故事的内容。但他能翻到正确的那页，就像真的在念上面的文字。

“威利，刚才是谁打来电话？”

“打错了。”他回答时没有看着我。

“威利！”我的声音里带有警告的意味。

威利的下嘴唇微微颤抖。他用胳膊护住笼子，叫道：“皮波应该留在这里！”

我在他面前蹲下来，看着他说：“这可不行，威利。你想象一下，如果有人捡到你的动物却不还给你，你会有多伤心。”

我拿起听筒，拨打上一个电话的号码，出现了一位男士的声音。

“请问找谁？”

我向这位男士解释我是谁，并告诉他刚才接电话的是威利。

皮波的主人找到了。他说多亏了传单，并说稍后会来接走皮波。但这只老鼠并不叫皮波，它叫阿策。不知道威利是否舍得让它离开。

我颇为内疚地返回绘图桌前继续工作。威利很想养动物，以至于连只老鼠都那么喜欢。宝拉和提姆也做梦都想养宠物。我决定再和丹尼尔商量一下。但现在我得赶紧画条狗，既不能像皮波，也不能像浣熊。

门铃响了。我看了看手表，惊讶地发现已经傍晚了。我再看了一眼画的狗，将画笔搁置一旁，起身去开门。也许是皮波的主人来了？

门外站着欧乐的妈妈，牵着提姆的手。提姆面色苍白，看起来马上要吐了。

“提姆在家或许吃不到甜食吧？”欧乐的妈妈说，“他吃了三块蛋糕，还有小熊橡皮糖和巧克力。后来又吃了维也纳小香肠……”

她摸了摸提姆的脑袋，说：“再见，小提姆，欢迎再来我家玩！”

我关上门，一转眼提姆就不见了。他正好来得及跑去客房的卫生间。希望他能对准马桶。

二十三。我心不在焉地在表格上划了一道。其中一个孩子出现呕吐，我就得清扫。我已经清扫了二十二遍。因为肠胃炎，因为吃了太多的樱桃，因为吃了太多的甜食，诸如此类。马上我又要进行第二十三次清扫工作了。有时候，当妈妈这件事真令人讨厌。

第八篇

争吵后和解；透露一个秘密

“亲爱的，我们必须谈一谈。”

没有任何一句话比妻子说出这句话时令丈夫想更快地逃跑。所以等到我和丹尼尔都躺在床上了，我才说出这句话。如果他现在想逃跑，就得穿着睡衣跑到街上去。

“但请不要是现在。”他一边回应，一边抗议地打着哈欠。

“不是现在，是周末。宝拉会在雷欧妮家过夜，我父母会把男孩们接走。”

“太棒了！”丹尼尔低吼了一声，下一刻便睡着了。兴许是装的。

周六，我和丹尼尔站在屋前挥手。宝拉坐上雷欧妮妈妈的车时，我们挥手向她告别。威利坐上我父母的车左后座时，我们挥手向他告别。提姆坐上我父母的车右后座时，我们挥手向他告别。我们一直挥着手，直到汽车拐过弯消失不见，直到他们再也看不见我们的挥手示意。

然后我们面面相觑。

“那现在呢？”丹尼尔的语气里带有一丝忧虑。

我们已有好几年没有两人单独在一起过周末了，或许他是担心我们会感到无聊，或许我也是。

“你想做什么？”我问他。

他的眼睛闪闪发光。我熟悉这种眼神。这意味着，丹尼尔想和我亲热一番。

“等会儿。”我微微一笑。

我觉得亲热时躺着最舒服，最好是晚上躺在床上。白天可以做些其他美好的事情：散步、打游戏、听音乐、烹饪、吃饭、聊天……

“好吧，那我们先谈谈。”丹尼尔建议道。他知道，我有心事。或许他考虑的是，最好先解决掉我的问题。这样的话，我的心情会好转，便更有兴趣和他亲热。

“好的，”我回应道，“我们谈谈。”我深呼吸，考虑如何把我想说的话以最恰当的方式表述出来：告诉他我对他很失望，告诉他我感到孤立无援，告诉他我期望得到他更多的支持。对一个人说这些话，很难不让他感到受伤或生气。或许我应该干脆写封信告诉他我的感受。

“我觉得现在的压力很大，”我开口说道，“儿童画册的工作、家务、孩子们，这一切都让我身心紧张。”

丹尼尔震惊地看着我。

“我觉得自己做什么都不对。我工作时觉得很内疚，觉得自己应该陪伴孩子们。而当我陪着孩子们时又问心有愧，觉得自己应该工作。”

“我真遗憾。”丹尼尔嘟哝了一句。

我等着他再说些什么。诸如，我如何才能帮到你？我能做些什么才能让你感到轻松些？可他再也没说话。那么，我不得不自己说出这些话。

“我期望得到你更多的支持，丹尼尔。”

“更多的支持？”丹尼尔说，“这怎么可能？你知道的，我的工作压力也很大！”

丹尼尔是个网络技术专家，也就是说，他得帮助公司里的人解决电脑方面的问题。他对摆弄电脑有极大的兴致，以至于我觉得，他的职业并非他的工作，更像是能让他挣到钱的一项爱好。

“你工作的压力大小取决于你自己，”我平静地说，“你可以少接些任务。”

“那么我的收入也会减少！”

“相应地我会挣得更多，”我说，“我们应把家务劳动和照顾孩子进行更合理的分工。如果你待在家的时间更多些，孩子们会很开心。我也会有更多的时间画画。”

对于我的这个提议，丹尼尔看起来并不乐意。按照他的理念，丈夫应到残酷的职场中去拼搏，争取得到好的工作，勇敢地与竞争对手们一较高下，带着丰厚的工资回家以养活他的妻子和孩子们。这是他从自己的父亲那儿学来的。他的父亲又是从自己的父辈那儿学来的。一代又一代。

当然他也明白，自己的这个观念已经落伍。如今大部分家庭的生活模式并非如此，但要转变这个观念对他来说还有些困难。

“我得考虑考虑。”说完，他站起身来。

随即，他坐在了电脑前，我坐到了绘图桌前。这与我想象中的二人世界完全不同。

我乱涂乱画了一会儿，无法冷静下来。于是，我又站起来走到丹尼尔面前。我坐到他对面，一直静静地盯着他，直到他“啪”的一声将手提电脑合上。

“你现在是怎么想的？”我问他。

“什么怎么想的？”

我火冒三丈，说：“该死的，丹尼尔！我们好不容易可以过一天二人世界的生活，却被你的坏情绪给毁了！”

“你才是那个坏心情的人。你对什么都不满意。”他生气地说。

“我如果对什么都不满意，早就离婚了。”

“离就离。”

“笨蛋！”说完，我“哧溜”一下坐到他的怀里，搂住他的脖子。我亲吻了一下他的脸颊，用手抚摸他的头发。我告诉丹尼尔，为一本儿童读物画插图是我长久以来的梦想。这次的工作是我等待了许久的机会。我希望人们看了我的画以后会大为赞叹地说：“哇哦，这个克拉拉·鲍曼真是位出色的插画师，为何我们现在才发现她？我们应该立刻将下次的绘画工作也交给她！”

他很认真地听着，最后说了一句："我之前不知道。"

"什么？"

"你有这个梦想。我原以为一切都很好。你喜欢和孩子们在一起，喜欢花时间在他们身上。"

"我也确实是这样。"我说道，"但是绘画也能给我带来乐趣。我只需要你在家务劳动方面再略微多帮助我一些，这样我两者都能兼顾了。"

丹尼尔叹了口气，说："如果我成天系着围裙，你还会觉得我有吸引力吗？"

我注视着他，含笑说："如果你围裙下穿着超人服……"

他拉长了脸。接着，我俩都哈哈大笑起来。

第九篇

克拉拉的梦想：
一次计划外的晚间汽车旅行

这是个美好的下午。丹尼尔和我散步了很长时间，坐在咖啡馆外面享受着阳光，相互讲述自己的梦想。丹尼尔很想尝试一次背着降落伞从飞机上跳下来，想去秘鲁攀登马丘比丘山。

我梦想着自己的画能在艺术画廊展出。我还想学意大利语。

“意大利语？”丹尼尔吃惊地问，“为什么？”

“只是想学，我喜欢意大利语的声调。”

我明白，他是无法理解这点的。对于丹尼尔来说，一切都必须有用。而对于我来说，能给我带来快乐就足够了。我和我的丈夫，我们很不一样，因此我们偶尔也会发生争执。但重要的是，我们又会相互和解。尽管不同，但我们很相爱。又或许，正因为不同，所以我们很相爱。

晚上，我们躺上床，正准备亲热一番。此时，电话铃响了。丹尼尔嘟哝着说：“别管它。”然后继续亲吻我的脖子。我说：“万一有急事呢？”

我们拉扯了一番。最终，我挣脱开来，起身接电话。

“妈……妈，”我听见威利颤抖的声音，“我……害……怕，威利想回家。”

我的父母住在五十公里外。开车来回得一个半小时。现在已经很晚了。我和丹尼尔正舒舒服服地躺在床上，但我的孩子却感到害怕。

“威利宝贝，外公外婆在家呢。”

“可他们已经睡了。”

“那这样吧，你现在去把他们叫醒。”

“不！”威利果断地拒绝了。

“为什么不去？”

“不能吵醒外公外婆。”

这是我教威利的。有一次外公外婆来看望我们，我们这里的混乱使他们筋疲力尽，急需睡个午觉。教育如此成功，真是不错。

“那你去叫醒提姆。”我建议他。

电话那头一片寂静。

“威利？你还在听吗？”

“提姆……走了。”

“什么？”我吓得从床上跳起来。

丹尼尔担心地看着我。

“提姆为什么离开了？”

“他和卢卡一起离开的，但有件事情我不能告诉任何人……”威利抽泣起来。我感到毛骨悚然。

“别哭，威利，”我问道，“卢卡是谁？”

“提姆的朋友。”

“你不能告诉任何人什么事？”

“是个秘密。”威利说。

我诱导威利说出这个秘密，但他丝毫不为所动。信守承诺的小伙子。

“稍等会儿，威利。”我用手捂住听筒，将发生的事情告诉了丹尼尔。

“好吧，真是棒极了。”他说道。随即，我们坐上了汽车。

我们到达外公外婆家时，他们已经醒了。威利的哭声最终将他俩吵醒了。威利扑进我的怀里，黏着我再也不肯放手。在我们不断地追问下，他才道出我们早已知道的事：提姆和他的朋友卢卡跑去外面玩了。具体是去哪儿了，提姆很明智地没有透露给他。

卢卡的父母，是住在附近的一对年轻夫妇，这会儿也坐在客厅里。卢卡的母亲矮小清瘦，她的脸又小又尖，看着有点儿吓人。她不断地用手机拨打卢卡的电话，但卢卡始终没接。卢卡的父亲又高又胖。他咒骂着儿子，脸气得通红。

“这个臭小子，这个讨厌鬼，总是跑出去，气死我了。”

我想，如果我是卢卡，我也会跑掉。尽管如此，我还是很担心。我想象这俩孩子如何在夜里迷了路，坠落在某个地方，受了伤，或者被坏人抓了去，关在了棚子里。

“我们小时候也这么干过，”我的父亲说，“晚上偷偷溜出去，到外面游荡。小孩子需要些冒险。”

“我们是不是该出去找找他们？”我建议道。

“最终大伙儿全跑出去？”丹尼尔说，“这无济于事。”

“他们会回来的。”我的母亲说，她轻轻地拍拍我的手安抚我，“村子里很安全。”

哈！村子里会发生最严重的犯罪行为，这在报纸上经常看到！奶牛被拐走，干草棚被点燃，装饰花柱被偷走。为什么偏偏小男孩在这里很安全？

我的母亲如此轻松，而我完全轻松不了，对此我感到很恼火。在我小的时候，难道她从不担心我？她应该理解我才对！相反，她让我感到，自己是个过分忧心、神经过敏、时时刻刻恨不得用翅膀护住孩子的老母鸡似的妈妈。

但她说对了。与卢卡的父母围坐在一起，尴尬地不知道该说什么，索性大家一言不发。就这样过了一个小时。忽然，走道里传来了轻微的脚步声。我们竖起耳朵仔细地听。

我的父亲站起身走了出去。很快，他推着两个冒险家进了客厅。

“瞧，我们回来了。”

“提姆！”

“卢卡！”

卢卡的母亲和我同时跳了起来，一把将孩子拥入怀抱。

卢卡的父亲挥起手臂，似乎想给儿子一个耳光。但最终平心静气地想了想，又将手缩了回去。很可能是因为我们在场。可怜的卢卡。等我们踏上回家的路时，已经半夜一点了。威利和提姆很快就睡着了。丹尼尔和我沉默地并排坐着。

我又开始内疚起来。我想和丹尼尔单独过个周末是不是太自私了？是否不该把威利和提姆送到我父母家过夜？我是个不称职的妈妈吗？

我看向丹尼尔。尽管他满脸疲倦，但正在用一副对自己和全世界都很满意的神态关注着路况。显然，他已消除了没能亲热的失望情绪。

我敢打赌，他从未自省过，自己这个爸爸做得是否称职。

第十篇

事情一桩接一桩，越来越多的秘密被曝光

第二天，我们与提姆进行了一次严肃的谈话。告诫他，以后绝不允许晚上偷跑出去，尤其是在外公外婆照看他们时。他可真讨厌，连累了威利。

刚开始提姆还很犟（jiàng），但渐渐地他冷静了下来。最后，他甚至还向威利道了歉。

“对不起，小弟。”

“没事。”威利大度地回应。

两人举手击掌，家里又恢复了和平。

直到宝拉回来。她弄得全家人又紧张不安起来。

她看起来似乎一夜没睡，眼圈发黑，面色苍白。

“你还好吗，小宝贝？”我担忧地问。

“我不是你的小宝贝！”她愤怒地说。

“嘿，”我感觉有点儿受伤，“别用这种语气说话！”

她不回答。

“在雷欧妮家玩得如何？”

“还行。”

“能具体讲讲吗？”

“不。”

她一屁股坐进沙发，拿起手机。威利偎依到她身边。宝拉没有像往常一样赶他走，甚至还用手臂环抱着他。他们在一起看猫咪视频。威利笑得前俯后仰。

突然“叮”的一声，宝拉收到一条聊天短信。她推开威利坐起身。威利从沙发上摔下，脑袋撞到了茶几上。

“嗷呜！”他哇哇大哭起来。

宝拉完全不管不顾，着了魔似的盯着手机屏幕。

我突然感到前所未有的恼火，一把抢走宝拉的手机。

“够了！”

她大声尖叫：“还给我！”

我将手机插进口袋，转向正坐在地板上哇哇大哭的威利。他的发丝里渗出了血。我惊恐地检查他的伤口。是不是得缝针？我是否得送他去医院？

“讨厌的妈妈！”宝拉大喊大叫，企图从我这里夺回手机。她对弟弟的受伤显然完全不在意。

此刻我怒火中烧，无法再冷静地思考。

“你这个自私的东西！”我冲着她怒吼，举起手想打她。最后一刻我忍住了。

“难道你没看见威利受伤了？”我继续大喊道，

“明确地告诉你，你这该死的手机被没收了！”

我们之间出现了片刻令人窒息的安静。接着，宝拉大喊大叫起来。

“爸爸！妈妈发疯了！爸爸！”

威利吓得停止了哭泣，泪眼蒙眬地看着我。“妈妈……”他惊愕地嘟囔着。

哦，老天。我的话里用了三个粗俗的字，而且声音如同河东狮吼。我还像卢卡的父亲那野蛮的家伙一样举起了手。我之前从未这么做过。不许打孩子，这是我们家的一条规定。也不许对着孩子怒吼。怒吼也是一种暴力行为，几乎和打孩子一样严重。

我也哭了起来。

丹尼尔冲进房间，看见我们三个都蹲坐在地板上，双眼红肿，他惊慌失措地问：“发生了什么事？”

宝拉带着指责甚至还有点儿得意的语气，用手指着我说：“妈妈对着我怒吼！她还差点儿打了我！她骂我是‘自私的东西’！她还说‘该死的手机’！”

“对不起，”我说道，“我失去了理智。”

丹尼尔看着我的眼神不是充满责备，而是充满担忧。

我想去抱抱宝拉。“对不起，宝拉，真的对不起。”但宝拉不愿意这么快和解。她趁机从我的裤兜里掏出手机，飞快地跑出了房间。

“嗷呜……”威利又开始呻吟起来。

我们弯下腰。我小心翼翼地将他的头发拨开，丹尼尔用纸巾为他拭去血迹。

“只是裂开了一道小口子，”他镇静地说，“不严重。”

我深深地叹了口气。

晚饭时，宝拉出现在我们面前，就好像什么事也没发生过。我原本考虑就刚才的事情找她谈谈，想想还是等以后有机会再说，等家里其他人都不在的时候。

显然宝拉内心有愧，因为她表现得特别友好。她先是主动帮忙摆餐具，这种行为属于一次不大不小的轰动事件。吃饭时她甚至还和我们聊天——这举动也并不常见。

“你还好吗，小弟？”她问威利，用手指着他脑袋上的创可贴。

“当然！”威利若无其事地回答。

“这宽面条很好吃。”宝拉说，又给自己盛了些。她看起来饿得要命。

“你在雷欧妮家过得如何？”丹尼尔也问起她来。

“不错。”她回答道，但没有看丹尼尔。

“你们做了些什么？”

“没什么，没什么特别的。只是看了部电影。”她的脸红了起来。宝拉会做很多事情，但她不擅长撒谎。

又有短信的铃声。尽管我们家禁止在吃饭时使用手机，但宝拉依旧从口袋里掏出了手机盯着看，就好像信息的内容与她性命攸关。她的脸上露出梦幻般的微笑。

“宝拉谈恋爱了，宝拉谈恋爱了！”提姆唱了起来。

宝拉脸上的微笑消失。“闭嘴！”她责骂提姆。

“马上把手机放下！”丹尼尔严厉地说。

我忽然起了疑心。这是一种母亲的直觉，无法用言语解释。

“对不起，我马上回来。”我站起身，走去卫生间。

我将雷欧妮的母亲添加为脸书*好友。她喜欢在上面详细记录自己的活动。我去翻看她昨晚发了些什么。瞧！有张她和朋友在餐厅的照片。她还写道：“和我的老朋友马迪娜享受了一顿美食。接着，我们要去尽情欢乐。”

雷欧妮的母亲或许不是昨天唯一尽情欢乐的人。宝拉的班级很喜欢开秘密派对。我现在也终于知道，她为何一副睡眠不足的模样。

为了掩饰自己的行为，我冲了冲马桶，然后回到餐桌。

“你们昨天的派对开得如何？”我随口问了一句。

她目瞪口呆地看着我，惊讶地问：“你怎么……怎么知道的？”

我在心里偷着乐。你肯定特别想知道！我当然没告诉她我是如何得知的。她会觉得我具备超凡的

---

* 类似国内使用的微信，人们可以利用它互加好友聊天，也可以随时发布自己的生活动态。

能力。如果她认为，我能在远处监视她，或许她会少做些蠢事。

第十一篇

又一次提到动物；预料外的第一次留孩子们独自在家

发脾气的事使我心情压抑。第二天，当宝拉放学回家时，我将她拉到一边。

“我真的非常抱歉，宝拉。你还在生我的气吗？”

她的样子令我坐立不安。“有一点儿，”她终于开口说道，“但我的态度也很不好。”

我完全没想到她会如此明事理。“是的，”我很惊讶，“但我不该发那么大的脾气。”

“你当时真的想打我吗？”

我尴尬地点点头，说：“我差点儿就动手了。”

“那现在你欠我的了？”宝拉幸灾乐祸地笑。

我轻松地笑着回应：“你想要我怎么还？”

她从书包里拿出一张皱巴巴的传单，将它抚平。标题是“赠送猫咪”。传单上印有一只猫和它产的幼崽的照片。照片下写着：“我们的艾拉生了七只可爱的小猫咪，现准备送给好心的人收养。”

我叹了口气。又是这个令我负疚的话题。我早就想和丹尼尔谈谈这个问题，却始终没时间。

“我和爸爸再考虑一下，好吗？”我避不作答。

“真的？”她睁大眼睛看着我。这是我第一次没有立刻说“不行！”来断然拒绝她。

宝拉满怀希望地揣着猫咪传单，蹦蹦跳跳地离开了。

中饭后，我回到绘图桌前。我的工作进展很慢，但幸运的是我应该能按时完成。我终于又一次完成了那幅小女孩牵着狗的画。现在，我在画那个小女孩在学校，和一群朋友在一起。我越画，这个小女孩越像宝拉。

我想象着她和朋友们都做些什么，却发现自己对此知之甚少。秘密派对，约会，结交新朋友……

她真的恋爱了吗？如果是真的，是和谁？宝拉是个守口如瓶的世界冠军。我觉得，这段时间以来，她在这个项目上又长进不小。将来她会走自己的路，愿意对我们说的事会越来越少。到一定时候，她会搬出去，过自己的生活。想到这里，我先是有些自豪，而后变得有些伤感。

养个宠物的想法也许并不那么糟糕。如果宝拉有个宠物，或许她会经常待在家里。她会拥吻宠物，而不是男孩。

这个想法令我有些羞愧，但又令我深感宽慰。

大约五点时，我结束了工作，考虑今晚我该穿什么。我受邀和一些重要人物共进晚餐。这些人是委托我为儿童读物画插画的那位女士、写这本书的女作家、负责出版发行这本书的那位男士。我颇为兴奋，试穿了半小时的衣服，可是没有一件让我觉得满意。最终，我挑选了一条蓝色短裙和一件浅灰色毛衣，再戴了一条印有花纹的丝巾。我发现，自己真该买双新鞋。我将旧鞋擦拭抛光了许久，鞋子总算光亮了些。

五点三刻时电话响起。是丹尼尔。

“对不起，克拉拉，我得晚回，九点前我回不了家。”

“什么？”我以为自己听错了。

“我在开个重要的会议。”

“我唯一一次请你帮忙，”我愤怒地说道，“你却理所当然地丢下我不管。”

“怎么是理所当然呢？”

“因为你的工作总是比我的重要！因为你从不顾及我！我真的受够了！”

电话那头沉默不语。

“你听见了吗？”我大喊道，“我受够了！”

“你冷静些，克拉拉。”丹尼尔的语气就像是在安抚一个闹脾气的孩子，这令我更加恼火。

“我冷静不了！”我怒吼道，挂断了电话。

很快，电话铃又响了，我没去接。他应该离得越远越好！

接着，我试图冷静下来思考。六点半我必须出门。如果丹尼尔九点能回来（强调的是“如果”），孩子们就得独自在家两个半小时。他们有可能会将家里存放的甜食全部吃光，或是打成一团甚至将房子烧掉。

“宝拉、威利、提姆！”我喊道，“你们马上过来！”

令我吃惊的是，三个孩子分别从不同方向飞快地跑来了，像小士兵似的站立在我的面前。我这命令的语气起了作用。他们就差没向我行军礼了。

我向他们解释了目前的状况，并恳请他们一定要乖乖听话，直到爸爸回家。“不许吵架！不许将足球踢高！不许玩电脑游戏！如果愿意的话，你们可以看电视。”

“看电视？”提姆不满地说，“太无聊了。”

“而且不能离开家。”威利说道。显然他害怕自己的哥哥姐姐又去夜间冒险，而将他一个人丢在家里。

“没错，威利！”我附和威利道，“你负责执行，宝拉！如果有什么事，你立即给我打电话。”

“没问题。”宝拉漫不经心地回答。

我心想，毫无疑问，哪怕是房子着火你也不会管，因为你忙着看你那该死的手机。这是第一次孩子们晚上独自在家，即便只是几个小时，而我就像一匹即将起跑的赛马一般紧张不安。

第十二篇

我从未来过如此雅致的餐厅。桌上铺着白色的桌布，摆着白色的餐巾。银质的餐具闪闪发亮。高雅的烛光映照在葡萄酒杯上。服务生身穿黑色西服，始终弯着腰。

我迫不及待地想再次和一些成年人聊聊天——最近我几乎没做过这种事。邀请我吃饭的人已经来了，他们热情地欢迎我。

我将手机静音，放在了餐盘边。我们还没开始点餐前小吃，我的手机屏幕就开始闪烁了。是宝拉发来的短信："威利。不想。睡觉。他心情。烦躁。"

为什么孩子们不会正确使用词语？更别提标点符号了！他们在学校里到底学了些什么？

不一会儿，又来了第二条短信："他在。没命。号叫！！！你能。来个。电话吗？？？"

问号倒是用得挺合适。感叹号也是。

餐前小吃来了。是道可口的红虾拼盘沙拉。我馋得口水都要流出来了。我的手机在振动。我犹豫了片刻，将它放进了手提包。手机在继续振动。

出版发行主管用他的平板电脑给我展示他为封面所做的各种设计方案。我们一起考虑，用哪种字体比较合适，应以什么颜色为主调。

女作家摆摆手，说："我对插画艺术一窍不通。幸好有您，克拉拉！您的画棒极了。”她含笑注视着我。

“可我写不出书。”我难为情地回答。再次受到表扬的感觉真是棒极了。

吃完沙拉后，我离席了一小会儿，来到卫生间。我掏出手机往家里打电话。

“天哪，妈妈，你怎么不接电话？”宝拉气呼呼地斥责我。电话里传来威利哭闹的声音。

“把电话给我。”

我用三寸不烂之舌极力安抚威利。我向他漫天许愿，只求他能够现在安静下来。给他买巧克力酱的煎饼，允许他看电视，带他去动物园。有时候教育只能通过贿赂。他终于停止了哭闹，偶尔突然啜泣几声。

“你……你什么……什么时候回来，妈妈？”

“爸爸会先回家，然后不久我也会回来。但那会儿你已经美美地入睡了。”

他又抽噎了一下，说：“好、好吧，妈妈。”

我松了口气，返回餐桌。

“抱歉，我的孩子们今晚是第一次独自在家。”

他们三人纷纷表示万分理解。写书的那位女作家向我们讲述了她的孩子们的事，讲述她的丈夫如何全力支持她写作。他经常做饭，当她必须出门时，他会照管好所有的事。没有他，她不可能从事她的职业。

我想，我们家正好相反。有了丈夫，我无法从事我的职业。他从不做饭，即便我真的必须出门，他也不会管任何事情。很可能他会带着孩子们去住酒店。我对丹尼尔感到极度愤怒，以至于把我自己气得七窍生烟。我是不是该和他离婚？有一刻，我沉浸在想象中。但随后我明白，离婚并不会使我现在的状况好转。我还是得工作，还得承担对孩子们的责任。离婚后我彻底没有丈夫，但现在我至少还有个不靠谱的丈夫，他至少偶尔还会帮帮忙。

主菜上桌了。五香鹿肉丁、鸡蛋面疙瘩和蔓越橘。这是我最喜欢的菜。我还没吃一半，手机又振动了。丹尼尔的来电。我没接。两分钟后一条信息蹦了出来："抱歉，我得更晚些回。"

我将叉子放下，深吸了一口气。我对自己说，一定要冷静，天啦。

"一切都还好吗？"那位有着完美无缺、乐意协助的丈夫的女士问道，看着我的眼神充满担忧。也许她看见我七窍生烟了？

"都很好。"我咬紧牙关回答道。

我们一起谈论，该为这本书如何做宣传，是否得做些印有我画的插图的T恤衫和棒球帽。必须拍个网络视频广告，得为女作家和我做个采访。出版社的女士想知道，我能否去意大利的博洛尼亚参加儿童读物书展，为大家介绍新书。我自问，我连安安静静坐着吃顿晚饭都困难，如何能安排去意大利出差。当然，我没显露出自己的疑虑，而是回复我能去。

我梦想的一切终于要实现了！我的画会被许多人看到，我的名字会被很多人知晓，我还会为更多的书画插图。我几乎不敢相信自己的好运。与此同时，我一直在牵挂着家里，想象可能发生了什么事。为什么宝拉没有再打来电话？

在上饭后甜点前，我再次离席去了卫生间，为了拨打家里的座机。无人接听。

我拨打宝拉的手机，她也没接听。我彻底慌了。

吃完甜点不一会儿，我向大家告辞。我实在太紧张不安，无法继续享受这晚间时光。其他人此刻肯定认为，我只是奔着美食而来的。真尴尬！

回到家，我与同时到家的丹尼尔撞了个正着。我冲向楼上。楼上安安静静的，孩子们都躺在床上睡着了。我一言不发地走进了自己的工作室。我坐在桌旁考虑，现在该做什么。我气得不想和丹尼尔说话。可另一方面，我又气得必须找他谈谈。

一眨眼，他已经来到了我面前。

“克拉拉，发生了什么事？你为何如此生气？”

我像只激动的小马气得直呼哧喷气，说：“如果你不知道原因，那我们之间就真的出了问题！”

“一切都很顺利！”丹尼尔说，“房子没烧掉，孩子们安然无恙，一切都没问题！”

“你承诺过，今天会按时回家！”

他耸耸肩，说：“会议时间延长了，我不能离开。”

“为什么不能？”我怒吼道。

“那是我们重要的客户，”丹尼尔说，“我不想因为我而让大家丢掉这个订单。”

“永远是其他人更重要，”我大喊道，“我也不能丢掉我的合约！”

“可你并没有，不是吗？”

丹尼尔的脸上露出孩子般的微笑。这微笑经常能把我劝服。但这次，他的笑容彻底令我失去了冷静。我跳起来对着他喊道：“你完全不把我当回事！”

我用拳头捶打桌子。此时，宝拉睡眼惺忪地出现在门口。

“你怎么又大喊大叫了，妈妈？”

房间里突然寂静了下来，我看见宝拉睁大的双眼中流露出恐惧。

我的视线落在了绘图桌上。画笔瓶倒向一边，一摊脏水正在蔓延，浸湿了画画的垫板。乱七八糟的画笔。我的画，我前几个星期所有的成果……

我发出一声喊叫，抓起那些画，力图使它们免于被毁。画纸飘落到地上，散落在桌子周围，从桌上滴下的灰褐色的水又滴到了画纸上。

我先是情绪激动，然后浑身冰冷，头晕目眩。我将手伸向桌面，想使自己站稳。然而我陷入了一个巨大且无边的黑暗世界。

第十三篇

所有人都深感愧疚，克拉拉终于获得重视

当我醒来时，起初并不知道自己在哪儿。“呜瓦呜瓦”的鸣笛声，窗户外面闪着蓝色的灯光。我躺在救护车里！

丹尼尔坐在我身旁，紧握着我的手。他面色苍白，看起来马上要哭了。

车里还有两名急救员。其中一名在给我量血压，监控着悬在我胳膊上方的输液瓶。另一名在向丹尼尔提各种问题，并记录下来。

我闭上眼睛，又睡了过去。我能感觉到，车是如何停下，自己是如何被人用担架从救护车里抬出，又推进医院的。一位年轻的女医生给我做检查。周围人来人往，我听见嘈杂声和细语声。我对这一切都不感兴趣。我想睡觉，只想睡觉。

当我再次醒来时，外面已经天亮。已过了好几个小时。在我旁边的床头柜上放着一杯茶，盘子里放着两片卷在一起的面包，一片夹着黄油块，另一片夹着一小袋果酱。

我环顾四周。我旁边的床位是空的。窗户正对着种满绿植的内院。墙上挂着一幅带木质画框的风景画。我不喜欢这幅画。我真希望身边带着颜料和画笔，就能在上面涂鸦一番，将它改得漂亮些。

这时，我回想起了所发生的事。画笔瓶！那整瓶水！我的画！我轻轻地呻吟起来。

我得给丹尼尔打个电话。我得知道有多少幅画已经毁了，我还有多少时间重新完成这些画。他得给出版社打个电话。这份合约是我的一次大好机会，我可不能将这次任务给弄砸了。

我在床头柜上一通乱摸，找到了我的手机。关机了。我筋疲力尽，没力气开机，只好将它放在了一边。

一名护士走了进来，询问我的状况，并劝我吃喝点儿东西。我告诉她，我想回家。她笑着说："马上有人来看望您。您很快会好转的。"

看望我？我可不希望有人来看我。我想回家躺进被窝，然后睡个一百万年。

我从一个梦中吓醒。我梦见我用钓竿从一条河里钓起我的画。纸上只有模糊的颜料。我钓啊钓，可是画越来越多。我越来越绝望，明白自己将永远不可能完成这本书的插图。

"妈妈！"一个声音响起，我听见小跑的脚步声。下一秒，威利爬上了我的床。我抱住他。

宝拉、提姆和丹尼尔有点儿畏缩地跟在后面。宝拉将自己采摘的一把鲜花放在我身旁。“送给你的，妈妈。”

提姆胳膊下夹着一个剪贴板，手里拿着一支笔。

“你好，妈妈。”他说道，难为情地看着地板。

丹尼尔将一包我最爱吃的巧克力果仁糖放在我面前的被罩上。

“噢，”我说，“谢谢。”

“你感觉如何？”他问道。

“你急火攻胸，”威利一本正经地向我解释，“所以你晕倒了。”

“是急火攻心。”宝拉纠正他，翻了个白眼。

丹尼尔坐到我身边的床沿。“你什么都没吃。”他看了看几乎没动过的早餐。

“我没胃口。而且我现在想马上回家。”

“冷静些，”丹尼尔说，“他们想让你在这儿留观两三天，做些检查。只是为了确认一下你的身体没问题。”

两三天？我惊慌地倒吸了口冷气。

“而且你得做个疗养。”丹尼尔接着说道。

“疗养？我可没这么打算过。我得回家继续工作。”

下一秒，我就发现这完全是胡闹。我现在虚弱无力，连画笔都提不起来。我或许不需要疗养，但无论如何必须休息一阵子。

丹尼尔按住我的手，说：“我已经给出版社打过电话了。”

我激动地微微抬起了身体，询问道：“真的吗？”

“你躺在救护车里时都还在念叨你的画，说想知道还有多少时间。”

“那么，出版社的人是怎么说的？”我胆怯地问道。

假如我几乎要重新开始画，他们完全可以委托另一名插画师。这名插画师既没孩子，又有个肯为她做饭的丈夫。这样的话，她就能整天画画，一个星期就能完成任务。

“他们让我转达对你的问候，祝你早日恢复健康。”丹尼尔说，“他们现在明白你为什么那么早离开餐厅回家了。你肯定一整晚都很不舒服。”

我实在累得不想反驳他。

“他们还说了什么？”

“他们觉得你的画棒极了，愿意给你比协议的时间再多六个星期。你可以安心地完成这些画。”

他看起来就像是刚攀登完马丘比丘山那般骄傲。

“可我如何才能完成？”我问道，“我在家根本没法安静工作。”

孩子们尴尬地面面相觑。这时，一直在一旁默不作声、只是惊慌地看着我的提姆走上前来，站在我的身旁。

“我们拟定了一个计划，”他说道，将剪贴板放置在我面前。上面有幅由线条和小框组成的图，并用各种颜色的笔写上了字，看起来就像是一台复杂机器的电路图。

“嗯，是这样的，”提姆解释道，“这是日期和小时，我们每人有个颜色……”

“我是绿色！”威利骄傲地说。

“我们往里面填进去，谁在哪一天做什么家务，以便你有足够的时间工作。例如每周三，宝拉摆餐具，威利取饮料，我整理洗碗机。公平起见，我们每两周更换一次任务。”

提姆的眼里闪出骄傲的光芒。我抚摸他的头。“这真是太棒了，小提姆！”我用怀疑的眼神从他们身上扫过，“这是你们一起想出来的？”

四个人同时点头。四个人？我再次看向那张计划表。

“你是什么颜色，丹尼尔？”

“蓝色。”他回答道。

用蓝色笔写了字的框框非常少。确切地说，每天只有一个，里面写着“特殊任务”。

“什么是特殊任务？”我好奇地问。

“啊，就是所有爸爸该做的事，”他自大地解释道，“还有……”

“不能透露！”三个孩子同时喊道。

“我们给你准备了个惊喜。”威利郑重地说。

我现在更加迫不及待想回家了。但这可能还需要一段时日。

等丹尼尔和孩子们都回去后，我一个人躺在床上静静地思考。

很长一段时间以来，我感到有些事情很不顺利。但迄今为止，我没时间考虑可能是什么原因。或许我应先晕倒，住进医院。表面上原因似乎很简单：我事情太多，时间太少，因此我压力过大，导致“急火攻胸”了。

如果丹尼尔和孩子们从现在开始协助我，一切都会好转。但这并不够。我知道，导致我崩溃的还有另一个原因，和我自己有关。

因为我总想将一切都做得非常完美。如果有一点儿灰尘，如果没有热腾腾的饭菜，如果孩子们没有洗澡就睡觉，如果开放日的糕点是我买来而不是亲手烤制的，世界似乎就会毁灭。我清楚地记得自己如何将果仁蛋糕的巧克力涂层压碎，使它看起来不那么完美。我想，我正应该变得不那么完美。

我真的有必要每天检查提姆的作业吗？我有必要知道我的女儿和谁聊天吗？我有必要整晚失眠，只是因为忘记喂威利防止龋齿的药片吗？我有必要亲自去调解孩子们的争吵吗？不，我没必要。确切地说，显然我以前认为这些有必要，但以后我不该再在意了。

我经常生丹尼尔的气。但他的方式，例如任由孩子们的争吵演变为相互斗殴时才出面干涉，迄今为止也并没有给孩子们造成任何伤害。唯一受到伤害的，是那个由于长期激动不安而躺进医院的我。或许我该向他学习。

我很不愿意承认这一切。因为我觉得做个出色的妈妈感觉很好，一个掌控一切、考虑一切、关心一切、宁愿晕倒也不愿疏忽职责的妈妈，一个值得表彰的妈妈！可也是得了有史以来最严重的“急火攻胸”的妈妈！

这场病让我有所领悟。

第十四篇

克拉拉回家了；
一切又变好了，或者说更好

我终于可以回家了！丹尼尔开车来接我。他帮我拎包，给我开关车门，询问我是否一切安好，是否需要开窗或开空调。我从不知自己的丈夫如此体贴。我心里偷着乐。急火攻心也是有好处的！

到家后，他扶我走进客厅，坚持让我躺在沙发上，帮我将枕头放好。“你得好好休息。”

这一切令我很不习惯。但被人悉心照料的感觉很不错。我小时候生病时，妈妈曾这样照顾我。长大后再也没经历过。我已经很多年没生过病了。生病时，我也不管不顾，继续硬挺着，就好像什么事也没发生。

丹尼尔端来一杯茶和一盘饼干。“你得吃点儿东西，你都瘦了！”

我听话地啃着饼干。它比我待在医院三天里吃的所有东西都美味。

“今晚有世界上最好吃的宽面！”丹尼尔宣布。

“自己做的还是点的外卖？”我问。

“当然是自己做的，”丹尼尔说，“意式风味。”他咧嘴瞅着我笑。

如果他三天内学会了做饭，那可真是奇迹。

“孩子们在哪儿？”我好奇地问。

“马上就来。”

丹尼尔坐到我身边，用手搂住我的肩膀。他的表情变得严肃起来。“我得向你道歉，克拉拉，我真是个……笨蛋。”

我哈哈大笑：“为什么是笨蛋？”

“一个糟糕的丈夫。只考虑自己的事情，没有察觉到妻子过得多糟。当她试图告诉我时，也没有认真倾听。”

他突然眼含泪水地说：“我很抱歉。你晕倒了，我才明白过来。我向你保证，我一定会改。”然后他真诚地看着我，“你是我在这个世界上最爱的克拉拉！”

我微微一笑，紧靠在他身旁。这句话是宝拉小时候经常对我们说的。

“你是我在这个世界上最爱的丹尼尔！”我亲吻着回应他。

我不会离婚了。因为如刚才那样的丹尼尔，我会舍弃世上的一切与他结婚。

有人轻轻地敲门。

“惊喜来了！”丹尼尔郑重地宣布，“闭上眼睛！”

我顺从地闭上双眼。我听见客厅的门被打开，然后是窃窃私语声和“咯咯”的笑声。脚步声向沙发靠近。

“睁开眼睛，妈妈！”宝拉说。

我睁开双眼。孩子们按高低秩序站在我面前。后面站着宝拉，中间站着提姆，前面站着威利。他怀里抱着什么东西，我一时没看出来那是什么。然后，他伸开手臂，将一只极小的长着杂色斑纹的小猫放进了我的怀里。

“哦，天哪，太可爱了！”我说道，并发觉自己对宠物的抵抗瞬时消失了。我想起来，其实自己一直想养个动物。小时候，父母不允许。长大后，我又觉得没时间照顾动物。

小猫爬上我的身体，偎依在我的锁骨处，发出呼噜声。对于这么一个小动物来说，它的呼噜声可谓是惊天动地。它的整个身体在微微颤动。这颤动传到我的身上，让人感到非常舒适和平静。我真想一辈子都这么躺着。

“它叫伯尼。”宝拉说。

“它对急火攻心有疗效。”威利补充道。

“我会教它杂技。”提姆宣布。

“那么谁负责给它喂食？”我问道，“谁负责清理猫砂盆？”

“你曾经问过，我的特殊任务是什么，”丹尼尔说，“照料伯尼就是其中之一。要么我让孩子们去照顾它，要么我自己做。无论如何，我会对此负责。”

“不会让它成为你的负担。”宝拉说。

“不会让你又住进医院。”提姆补充道。

威利点点头：“由于急火攻胸。”

孩子们偎依在我的身旁，丹尼尔也凑上前来。我们像个由爱缠绕而成的大线团，躺在沙发上，一起幸福地倾听小猫的呼噜声。